MON PREMIER JOUR À LA MATERNELLE

Per

Faridat A. Audu

Dédié à

Chacun de mes vingt-et-un frères et sœurs à travers le monde. J'ai eu la chance de vivre avec certaines et certains de magnifiques moments durant mes années de maternelle, et j'en garde des souvenirs précieux !
Et
Notre regrettée sœur et notre regretté frère
Kafayat Akanke Owolabi
Abdul Waheed Alani Owolabi
Vous êtes et serez toujours dans nos cœurs !

Atai était un gentil garçon de cinq ans qui adorait passer du temps avec sa famille.

Atai avait toujours voulu un petit frère ou une petite sœur, quelqu'un avec qui jouer.
Maman l'avait déjà informé de l'arrivée imminente de son petit frère, et Atai avait hâte de s'amuser avec lui.

Son petit frère arriva dans ce monde.
Atai était si heureux ! Papa décida de l'appeler
Ayegba, ce qui signifie GUERRIER en igala, une
langue parlée au Nigeria, en Afrique.

Ayegba était un bébé heureux. Tout comme Atai, il était curieux de nature. Ces deux-là avaient un autre point commun : ils étaient pleins d'affection.

Atai adorait passer du temps avec sa maman, son papa et son petit frère. Il avait enfin l'impression que sa famille était au complet.

Tous les matins, dès son réveil, il courait vers le berceau de son petit frère et se penchait pour voir s'il était réveillé.

Une fois Ayegba réveillé, Atai
jouait avec lui toute la journée.

Atai lui apportait souvent son biberon et aidait maman lorsqu'elle lui donnait le bain.

Atai aimait faire de petites choses gentilles pour Ayegba, qui semblait de son côté apprécier la présence d'Atai.

Papa et maman avaient dit à Atai qu'il était responsable d'Ayegba et qu'il devait toujours s'occuper de son petit frère. Cela plaisait beaucoup à Atai d'être l'aîné responsable.

Atai le prenait dans ses bras, l'embrassait et plaçait tous ses jouets devant lui pour qu'il puisse s'amuser avec.

Un jour, papa et maman l'appelèrent dans la salle à manger.
« Atai, n'oublie pas que tu entres à l'école maternelle demain », dit papa.
Atai fronça les sourcils et s'exclama : « Je ne veux pas aller à l'école ! ».

Papa et maman remarquèrent qu'Atai était contrarié par le fait d'aller à l'école et de ne pas pouvoir passer toute la journée avec sa famille.

First Day of Kindergarten
Maman eut une idée. « Et si tu venais visiter ta nouvelle école avec moi ? »

« Pourquoi dois-je y aller ? » « Ayegba et mamie ne vont-elles pas se sentir seules sans moi ? » Atai posait beaucoup de questions, ce qui montrait à papa et maman qu'il n'était pas prêt à quitter son petit frère.

« Atai, mon chéri, il y aura beaucoup d'enfants de ton âge. Tu pourras te faire plus d'amis », dit mamie.

Maman, papa et mamie essayaient de convaincre Atai qu'il allait adorer son premier jour à l'école maternelle, mais rien ne semblait fonctionner.

Atai restait assis sur le tapis, les bras croisés, répétant : "Non, je ne quitterai pas Ayegba ».

Maman s'assit à côté de lui et réussit
à le convaincre.
Elle lui dit : « Atai, si tu achetais un
petit cadeau à ton petit frère en
rentrant de l'école ? ».
Et Atai s'exclama : « Un cadeau ? Pour
Ayegba ? Oh maman, j'ADORERAIS lui
faire un cadeau ! ».

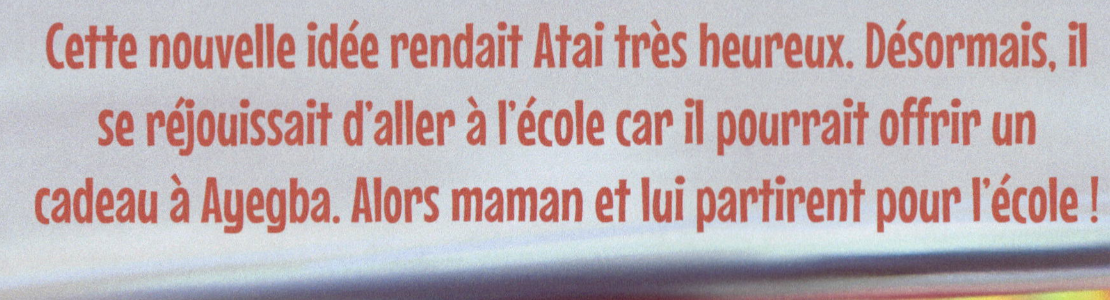

Cette nouvelle idée rendait Atai très heureux. Désormais, il se réjouissait d'aller à l'école car il pourrait offrir un cadeau à Ayegba. Alors maman et lui partirent pour l'école !

Quand Atai arriva, il vit que l'école était beau et coloré. Il y avait beaucoup d'enfants qui semblaient très heureux. Atai était encore un peu effrayé. Il ne voulait pas rester seul.

La maîtresse d'Atai vint à sa rencontre. Elle était chaleureuse et semblait contente de le voir.

Atai
s'accrochait à
la main de maman.
Sa poigne se resserrait,
et maman décida d'entrer
dans la classe avec lui.

Maman savait qu'Atai s'habituerait rapidement aux enseignants et à ses camarades.

Lorsque Atai entra dans sa classe, il vit qu'elle était remplie de jouets pédagogiques intéressants. Tous les enfants étaient heureux et pleins de vie.

En voyant cela, Atai se sentit heureux et lâcha rapidement la main de sa maman. Il embrassa sa famille et fit un bisou et un câlin à son petit frère, puis s'enfuit pour rejoindre ses camarades de jeu.

hello
kinder
garten
FIRST DAY
SCHOOL
animals
plants
monsters
toys
fighting

Atai débordait d'enthousiasme.
Maman était heureuse et
soulagée lorsqu'elle vint le
chercher après l'école.
Elle remarqua à quel point il
était content.

Atai n'arrêtait pas de lui raconter toutes les
choses passionnantes qu'il avait faites àl'école.
« Mon premier jour à la maternelle a été
le plus beau jour de ma vie, maman »,
lui dit-il.

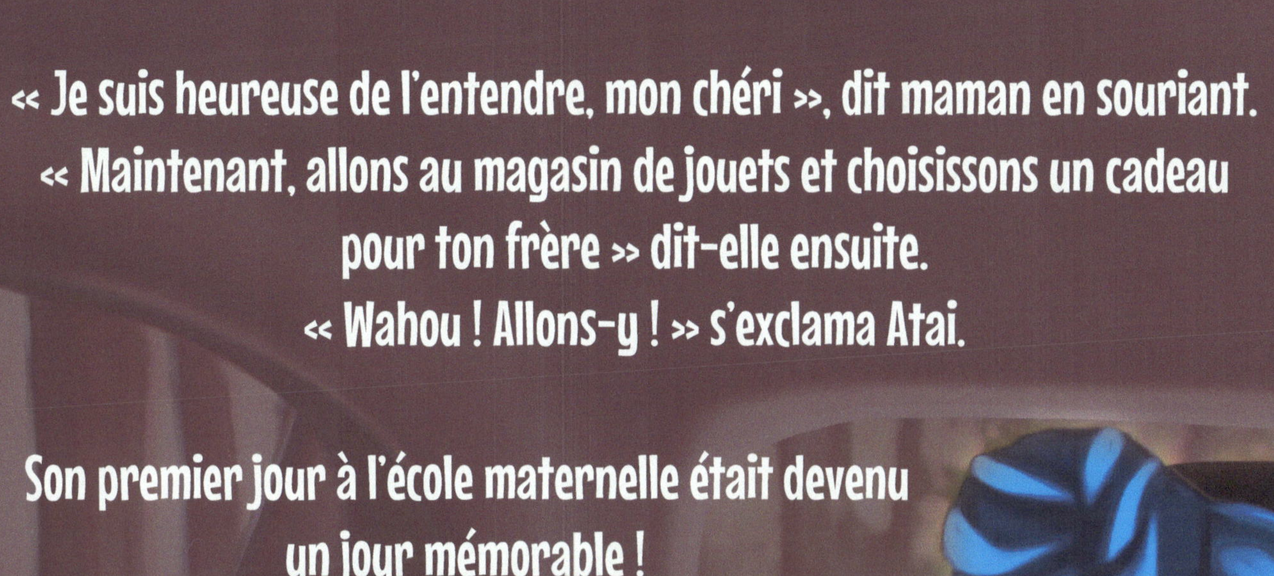

« Je suis heureuse de l'entendre, mon chéri », dit maman en souriant.
« Maintenant, allons au magasin de jouets et choisissons un cadeau
pour ton frère » dit-elle ensuite.
« Wahou ! Allons-y ! » s'exclama Atai.

Son premier jour à l'école maternelle était devenu
un jour mémorable !

The End.

Livres de la série
MON PREMIER:

Mon premier mot
Mon premier jour à la maternelle
Ma première dent perdue
Mon premier jour de neige
Ma première soirée pyjama

Toutes les demandes de renseignements doivent

être adressées à

Global Vous Education INC. Canada
www.globalvouseducation.com

À PROPOS DE L'AUTEUR

Faridat A. Audu est une éducatrice spécialisée dans la petite enfance nigériane-canadienne, titulaire d'une licence d'anglais obtenue en Afrique, d'un certificat professionnel d'écriture créative pour enfants obtenu aux États-Unis et d'une maîtrise en leadership éducatif obtenue au Canada. Elle est titulaire d'un prix d'excellence en éducation de la petite enfance décerné par le Humber College et possède plus de 15 ans d'expérience dans ce domaine, acquise au Nigéria, en Côte d'Ivoire et au Canada. Passionnée d'éducation, Faridat a fondé Global Vous Education INC, une entreprise qui se consacre à la promotion du bilinguisme à l'aide de méthodes pédagogiques contemporaines, en mettant l'accent sur la petite enfance et la langue française. Faridat est également l'heureuse autrice de My First Approach to Being Bilingual, un ouvrage salué par les lecteurs et la critique pour ses précieux conseils aux personnes apprenant l'anglais et le français.

Née à Lagos, au Nigeria, Faridat a étudié et voyagé dans le monde entier. Elle réside actuellement en Ontario, au Canada, avec son mari et ses trois fils. Sa vision globale et son dévouement continuent d'inspirer et de motiver éducateurs, parents et enfants.

SECTION D'ACTIVITÉS

Voici quelques activités amusantes que les parents et les éducateurs pourraient faire avec les enfants. Elles permettront aux adultes de réfléchir aux expériences des enfants de façon amusante et interactive.

(Pour les parents)
Cette activité s'adresse aux parents. Après avoir lu Mon premier jour à la maternelle avec votre enfant, vous pouvez parler aux enfants de leur premier jour à la maternelle.

(Pour les éducateurs)
Cette activité s'adresse aux éducateurs. En tant qu'éducateur, vous pouvez créer des projets ou des exercices en classe qui permettraient aux élèves d'interroger leurs parents sur leur premier jour à la maternelle et d'en parler avec leurs camarades le lendemain en classe.

AMUSEZ-VOUS BIEN !